Salta y brinca

Ellen Stoll Walsh

Traducción de Alma Flor Ada y
Francisca Isabel Campoy

Libros Viajeros
Harcourt, Inc.

Orlando   Austin   New York   San Diego   Toronto   London

For information about permission to reproduce selections from
this book, write to trade.permissions@hmhco.com or to Permissions,
Houghton Mifflin Harcourt Publishing Company, 3 Park
Avenue, 19th Floor, New York, New York 10016.

www.hmhco.com

This is a translation of *Hop Jump*.

First Libros Viajeros edition 1996

Libros Viajeros is a registered trademark of Harcourt, Inc.

Library of Congress Cataloging-in-Publication Data
Walsh, Ellen Stoll.
[Hop jump. Spanish.]
Salta y brinca/Ellen Stoll Walsh; traducción de Alma Flor Ada y
Francisca Isabel Campoy.
p. cm.
"Libros Viajeros."
Summary: Bored with just hopping and jumping, a frog discovers dancing.
ISBN 978-0-15-201356-1
[1. Frogs—Fiction.   2. Dancing—Fiction.   3. Spanish language materials.]
I. Ada, Alma Flor.   II. Campoy, F. Isabel.   III. Title.
[PZ73.W35   1996]
[E]—dc20   95-47125

SCP   18 17 16 15 14
4500589335

Printed in China

The illustrations in this book are cut-paper collage.
The text type was set in Sabon by Harcourt Brace & Company
Photocomposition Center, San Diego, California.
Color separations by Bright Arts, Ltd., Singapore
Printed and bound by RR Donnelley, China
Production supervision by Warren Wallerstein and Pascha Gerlinger
Designed by Camilla Filancia

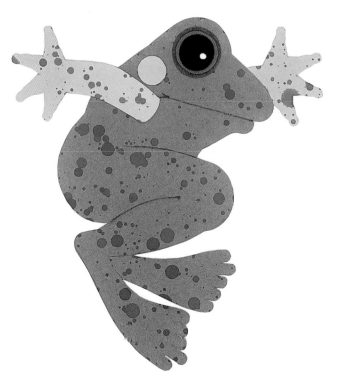

Para Ben, de nuevo

—Por aquí vienen —dijo Betsy.

—Y por allí se van. Salta y brinca, salta y brinca. Siempre igual —dijo.

Betsy se quedó mirando cómo las hojas caían flotando: haciendo piruetas, dando vueltas, girando. Siempre distintas.

Betsy trató de imitarlas. No podía flotar.

Pero pronto empezó a hacer piruetas…

y a dar vueltas…

y a girar.

—Se llama bailar —dijo.

Pero llegaron las otras ranas, salta y brinca,
salta y brinca.

Y salta y brinca, salta y brinca, por allí
se fueron otra vez.

—Oigan —dijo Betsy.
—No hay lugar para bailar —dijeron las ranas.

—Pues entonces encontraré un sitio sólo para mí —dijo Betsy—. Sólo para bailar.

Algunas ranas sintieron curiosidad.

Otras fueron a ver.

Y al poco rato sus pies se empezaron a mover.

Muy pronto todas las ranas estaban bailando.

Todas menos una.
—Oye, no hay lugar para saltar —dijeron
las ranas.

—¡Oh, sí! Sí hay lugar —dijo Betsy—. Para
bailar y para saltar.